诺贝尔文学奖作家作品

新月集·飞鸟集
CRESCENTMOON STRAYBIRD

［印］泰戈尔 著

郑振铎 译

北京出版集团
北京出版社

图书在版编目（CIP）数据

新月集　飞鸟集 /（印）泰戈尔著；郑振铎译. —北京：北京出版社，2020.6
（诺贝尔文学奖作家作品）
ISBN 978-7-200-14184-9

Ⅰ. ①新… Ⅱ. ①泰… ②郑… Ⅲ. ①诗集—印度—现代 Ⅳ. ① I351.25

中国版本图书馆 CIP 数据核字（2018）第 151579 号

诺贝尔文学奖作家作品
新月集　飞鸟集
XINYUE JI　FEINIAO JI
[印]泰戈尔　著
郑振铎　译

*

北　京　出　版　集　团
北　京　出　版　社　出版
（北京北三环中路 6 号）
邮政编码：100120

网　址：www.bph.com.cn
北 京 出 版 集 团 总 发 行
新　华　书　店　经　销
北 京 华 联 印 刷 有 限 公 司 印刷

*

889 毫米 ×1194 毫米　32 开本　5.25 印张　122 千字
2020 年 6 月第 1 版　2020 年 6 月第 1 次印刷
ISBN 978-7-200-14184-9
定价：29.80 元
如有印装质量问题，由本社负责调换
质量监督电话：010-58572393
责任编辑电话：010-58572757

作家小传

拉宾德拉纳特·泰戈尔（Rabindranath Tagore，1861—1941）于1861年出生于印度加尔各答市，被认为是印度历史上最伟大的诗人和作家，也是亚洲第一个诺贝尔文学奖得主。泰戈尔的父亲是一位进步的哲学家，也是一位积极的宗教改革者，他一共有十四个子女，泰戈尔是最小的一个。他的哥哥姐姐有的是哲学家，有的是音乐家，有的是戏剧家，有的是小说家，也有的是积极投身民族救亡的爱国人士。他的家庭甚至可以堪称加尔各答的知识和文化中心。

青少年时期的泰戈尔一直在家乡求学，尽管先后在四所学校就读，但他对于刻板的学校生活十分厌恶，并没有完成正规的学校教育。但在兄长与姐姐的监督和教育下，他依然受到了良好的教育。良好的家庭氛围的熏陶，让他的文学修养与日俱增，并且很早就开始创作诗歌。

1878年，泰戈尔远赴英国学习法律，但是他并不喜欢父兄为他做出的安排，后来进入伦敦大学改修英国文学和西方音乐。1880年归国后，泰戈尔开始了自己的文学创作生涯。1880年到1890年是其文学生涯的探索时期，主要作品有诗集《暮歌》（1882）、《晨歌》（1883）和小说《王后市场》（1881）。1890年到1901年，泰戈尔的创作生涯逐渐走向了成熟阶段，主要的小说包括《弃绝》（1892）、《摩诃摩耶》（1892）等。作者通过这些作品，深刻地揭露了殖民主义对于殖民地人们的残酷剥削，对下层人民尤其是女性表示了深切同情。这个阶段主要的诗歌作品包括《金帆船集》（1894）、《收获集》（1896）、《幻想集》（1899）在内的五部抒情诗集，此外还有在1900年出版的《故事诗集》。20世纪前20年是泰戈尔创作生涯的辉煌时期，主要作品包括长篇小说《沉船》（1906）、《戈拉》（1910），抒情诗集《园丁集》（1913）、《新月集》（1913）和《飞鸟集》（1916）等，尤其是诗集《吉檀迦利》的问世，让他获得了诺贝尔文学奖。

1910年，《吉檀迦利》孟加拉文本正式出版，两年后，诗人的《吉檀迦利》英文本正式发行，其中不仅包括《吉檀迦利》，也包括了《渡船》和《奉献集》中的部分作品。这部诗集以其丰富的哲理和优美的抒情得以享誉世界，成为世界文学宝库中最耀眼的瑰宝。

泰戈尔晚年的作品主要有剧本《红夹竹桃》（1926）、小说《最后的诗篇》（1929）和诗集《晚祭集》（1938）等。泰戈尔一生创作了五十多部诗集、十二部中长篇小说、上百篇短篇小说以及三十多部剧本。

泰戈尔不仅仅在文学领域取得了卓越的成就，而且也是一位优秀的音乐家和画家，他一生创作了一千多幅画作、两千多首歌曲，包括后来被作为印度国歌的《人民的意志》。

泰戈尔还是一位爱国主义者和世界和平主义者，他热爱自己的祖国，关心劳苦大众的生活，反对帝国主义对殖民地的奴役，一生都在为祖国独立、世界和平和维护正义而奋斗。他曾多次撰文对西方大国的侵略行为表示谴责和怒斥，对弱小国家表示关怀和声援。然而，他反对西方殖民主义却并不排斥西方文化，他积极弘扬印度民族文化的同时，又勇于借鉴西方文化的长处，使得东西方文化完美地交融。

1924年，泰戈尔来到中国访问，对中国人民的灾难抱有极大的同情，并且撰文怒斥英国殖民主义政策下的鸦片贸易。他对于中国一直抱有好感和希望，他的诗风对于中国文学也产生了积极的影响。后来，他又远赴苏联访问。晚年的泰戈尔对于世界反法西斯战争也十分关注和支持。

1941年8月7日，泰戈尔在加尔各答逝世。

授奖词

瑞典学院诺贝尔评奖委员会主席　哈拉德·雅恩

今年将诺贝尔文学奖给予印度诗人拉宾德拉纳特·泰戈尔，本院认为这是非常明智的决定。因为获得这份荣誉的作者在近几年中写下了许多优美的诗篇，它们大都是关于"有理想主义倾向"的诗作。这与阿尔弗雷德·诺贝尔的遗嘱完全相符。本院将以公允的态度，竭尽全力去确认他的诗最接近诺贝尔文学奖颁奖原则中所提及的标准。本院会本着公正的态度，并不会因为这位诗人在欧洲的知名度不高而犹豫不决，虽然他的名字在欧洲并没有多少人知道，实际上，这乃是因为他的家乡远离欧洲。在本奖金创始人的遗嘱里有这样一段话："既然已经决定了颁发本奖，就不要对任何一个候选人的国籍有所顾虑"，并以此作为"本人明确的希望与意愿"。由此可见，这种犹豫就更不应该了。

泰戈尔的一部宗教颂诗集《吉檀迦利》（即《颂歌集》，1912）受到了评委的关注。从某种意义上说，从去年开始这部作品就已经完完全全地归属英语文学了，虽然根据作者的文化修养与创作实践判断，他是一个印地语诗人，但他却为他的诗披上了新装，而这种新装的形式与独立性的灵感都堪称完美无缺。因为没有了语言上的障碍，所以那些英格兰、美国甚至整个西方世界中对贵族文学感兴趣并予以重视的人士，都可以接受和理解他的诗作。而今，各方面的赞誉不断出现，但这些赞誉并不是因为人们读到了他用孟加拉语写出的诗作，也不是因为人们对任何宗教派别的信仰，同样不是因为人们对某种文学流派的偏好，或有任何党派的目的，而是因为他在英语诗歌艺术方面，的确是一位新的、令人钦佩的宗师——至少从伊丽莎白女王时代，这种诗歌艺术就一直伴随着英国人的文明而传播至世界各个角落。他的诗一发表，人们就开始用满腔的热情来赞美它。这些诗具有以下几个特点：首先它具有完美性，诗人会将他自己的意念与他借鉴而来的意念，以一种最恰当的方式熔铸成一个整体；然后是文体的韵律均衡，引用一位英国评论家的话来形容，就是"将诗里的阴柔情调与散文中的阳刚力量完美地结合在一起"；最后是诗人的措辞严谨，或者说用词典雅，以及在选词择句上体现出的趣味甚高的审美格调，甚至在借助另一种语言来表达自己的思维时，仍能达到那种境界，简单来说，这些特征在原作中是特有的，并且，换另一种语言来重新表达时，仍然可以做到神形皆备，这一点着实可贵。

以上评价同样适用于他的第二部诗集《园丁集》（1913）。正如作者本人所言，这部作品与其说是他在诠释自己早期的灵感，倒不如说是他又进行了一场革新。在这里，我们看到了他人格的另一个侧面：那时，青春的爱情让幸福与烦恼在他的心头交替出现，有时，他会深陷于这种感情而无法自拔；有时，他又会为那种渴望和喜悦的感情所征服，而那种感情源自于生命的浮沉与盛衰。但是，无论何时，他都可以看到，那些微弱的光芒在更远的地方闪烁着。

泰戈尔的散文故事集《孟加拉生活一瞥》（1913）的英译本已经出版。虽然，从形式上分析，书中的故事已经称不上是原原本本展现作者本人特色了（因为译本的翻译者另有他人），但其故事内容却足以证明作者才华横溢，他观察事物的范围极其广泛，他发自肺腑地对各种类型的人物的命运和遭遇表示同情，以及他在处理故事情节与发展方面有着惊人的才华。

之后，泰戈尔又出版了两部作品。其中一部为诗集，描绘了充满诗情画意的童年和家庭生活，取名为《新月集》（1913），这个名字来自它的象征意义。另一部为演讲集，当中包含了他在英美各个大学中所发表的演讲，取名为《生活的实现》（1913）。这些文字集中表达了他对人生旅途的看法。他认为，通过这个途径，人们就会获得一种信仰，有了信仰之光在前方指路，人们就不会再浪费光阴。泰戈尔是一位天赋极高的诗人，因为他不断地探索着信仰与意识的关系，他的思想异常深邃，但更重要的还是他朴实的情感与善于比喻且具有极强感染力的语言风格。当然，在具有想象空间的文学领域中，极少有人能够灵活地把握它们的范围与色彩，同时，还要以一种恰当的方式来表达不同的心境——由内心深处对永恒的那种渴望，一直到无忧无虑的孩童在游戏时所呈现出的那种愉悦之情。

至于世人能否理解他的诗，我们完全不必担心，尽管其中有一些异国情调会让人有云山雾罩之感，但因其特征是充满了所有人都能理解的真正的人性，也许，将来的人会比我们理解得更透彻。但无论如何，有一点是需要明确的：这位诗人的目的之一，就是在努力调和人类文明的两极分化；而这种两极分化的状态仍是我们当今世界的特征，因此它构成了这一时代我们所要面临的问题，也明确了我们现在的首要任务。基督教徒在全世界范围内传教时的不遗余力，让我们可以看清这项任务的内在真实性。将来，历史探讨者们会比我们更胜一筹，他们会更加清晰地评价它的重要性与影响力，甚至可以看清那些当前被遮掩的东西，承认那些我们现在还没有承认或不敢去承认的东西。最终可以肯定的是，他们会做出更高的评价。我们应该对这一举动表示感激，因为这会使活水源头的汩汩清泉喷涌而出，诗歌可以从中获得更多的灵感。这些泉水也许会与异邦的溪流汇合，但是，如果你想要追溯这些溪流的源头所在，或许需要步入一个深不可测的梦幻世界。更加特殊的是关于基督教信仰的传播，它对很多地方本土语言的复苏与更新，造成了一种明确的原始冲击。它带来的必然结果是促进了本土语言的发展，也让其有能力孕育和维系自然而又鲜活的诗的命脉。

在印度，基督教的传教活动产生了一系列重要影响。伴随着宗教的日益复兴，文字中开始出现了很多本土语言，它们逐渐进入文学领域，并由此巩固了自身的发展。而事实往往却是这样，当新型传统确立之后，一种新的压力又会让本土语言再一次僵化。但是，基督教信仰的影响力要远超于记录在案的宗教改革工作。充满生机的方言与古老神圣的语言在20世纪进行了一场激烈的斗争，两者在对新文学的控制权上展开了激烈角逐。倘若具有崇高的奉献精神的传教士没有支持前者的发展,可想而知,这场斗争的过程和结果就会呈现出另一种局面。

孟加拉原是英属印度中最早成立的一个省份,很多年前,传教的先驱者凯里①曾在这里工作过。拉宾德拉纳特·泰戈尔在1861年诞生于此。泰戈尔因其出身而受人们的尊重,他来自于一个具有杰出智慧与能力的家族,我们从很多方面都可以看出他家族的实力。在泰戈尔的幼年与青年时期,他生长在一个非常开明的家庭中,换句话说,也就是这种环境塑造了他的世界观与人生观。生活在条件如此优越的家庭里,他们都具备良好的艺术修养,此外,他们还重视祖先的智慧与思考,他们将祖先留下来的经文当作传世之宝。在其周围也蕴藏着一种新的文学精神——发展面向人民大众的文学,让文学与人们的生活需求相吻合。最终,这种精神在印度经历了叛乱的苦难和政府改革后,获得了力量。

泰戈尔的父亲在一个宗教团体中担任首领,并对这个团体抱有极大的热情,时至今日,拉宾德拉纳特自己也始终是这个团体的成员。这个团体被命名为"梵社"②,它并不属于古印度教教派,因为它的宗旨并不要求信徒崇拜某个特殊的在众神之上的大神。19世纪初,一位开明而又有一定影响力的人物创立了这一教派,其创始人曾在英国研究基督教的教旨,随后受到启发。他致力于以一种全新

---

①凯里(William Carey, 1761—1834),英国基督教浸礼会传教士,1793年到达加尔各答,成为到达该地的第一批传教士,曾编纂孟加拉语词典,将《圣经》译成孟加拉语,并将印度古典长诗《罗摩衍那》译为英语。
②印度教内部的一神论改良派组织,1828年由罗易在加尔各答创立。梵社承认吠陀的权威,不相信转世,也不坚持业报或轮回之说,抛弃印度教的礼仪而采取基督教的某些形式。

的角度解释古老的印度传统，还将这种解释努力贴近他所领悟到的基督教精神。从创立这个团体开始，他与他的继承者们就在解释真理的相关问题上产生了分歧，他们无法统一意见，由此，梵社便分裂成了很多独立的支派。另一方面，梵社主要受到那些高层次的知识界人士的关注，所以，在这个团体创立之初，他们不接受平民信徒。但无论如何，这个团体在其他领域内也产生了不可低估的影响，甚至对大众教育与大众文学的发展也起到了举足轻重的作用。近些年，为了能够让这个团队加速成长，拉宾德拉纳特·泰戈尔在这方面下足了功夫。对这些人而言，他仍然可称得上是他们的宗师与先知者。泰戈尔热衷于做师长与学生，在这个团体中，他可以将这两个角色完美地结合在一起，这让他的宗教生活与文学生涯都上升到了一个新的高度，由此，我们可以看到他的深沉、虔诚与质朴。

　　为了使理想变为现实，泰戈尔求知若渴，虚怀若谷。他熟知东西方文化，国外旅行的经历和在伦敦的求学生涯使他增长了学识，丰富了阅历，也让他变得更为成熟。在青年时期，他曾和父亲游历了祖国的大好河山，他的足迹甚至还出现在遥远的喜马拉雅山上。他在少年时期便开始用孟加拉语写作，他的作品形式有散文、抒情诗和戏剧，作品内容除了描写国内民众的日常生活，还包括各种文学评论，以及对哲学和社会学等一系列问题的探讨。有那么一段时间，他停下匆匆的脚步，放慢生活节奏，在恒河支流上泛舟，根据本民族的传统，他认为自己需要过一段时间的隐居生活，以此来进行一场深刻的自我反省。当他再次回到原来的生活中，他的名声便与日俱增，尤其是在本国人民的心目中，他的形象是如此的高大，可谓是一位智慧超群而又虔诚纯洁的圣者。他在孟加拉西部创立了一所露天学校,可以在杜果树下为青年学子传授知识,那些年轻人学成以后,自然而然地会将他的教诲传播到全国各地。在这一年多的时间里,他在英格兰和美国的文学圈中成了一位荣誉客人,今年(1913)夏季,在巴黎举行的宗教史会议中也出现了他的身影。在这之后,他又回到自己的家乡,又一次过起了隐居生活。

无论在哪里,泰戈尔都能称得上是心灵启迪专家,他为人们传授高深的知识。人们将泰戈尔视为福音的受惠者,他会用通俗易懂的语言将福音传播出去。这种福音源自东方的宝库,而我们早就知道这个宝库的存在。泰戈尔会将自己最先获得的宝藏无私地分享给全人类,他将自己视为传播宝藏的纽带,从来都不会炫耀自己是天才或是伟大的发明家。西方世界对工作都趋于盲目崇拜,这是因为在城市生活中,人们彼此孤立,然而,这种崇拜时刻都会受到不安因素与竞争精神的刺激。西方人喜欢征服自然,原因是他们热衷于谋取利益,就像泰戈尔所说:"我们如同生活在一个充满敌意的世界里,每当我们想要一件东西时,好像都必须要从一种极其别扭而又恶意满满的安排里抢过来。"西方人的生活都是极其忙碌而又辛苦的,每个人都过着一种疲于奔命的日子。与其相反的是,泰戈尔为我们展示了一种别开生面的文化,这种文化在印度辽阔而又平静的神圣森林中渐臻完美。这种文化向往的是灵魂的平和与宁静,这恰恰是一种符合自然规律的追求。泰戈尔为我们呈现出一幅富有诗意而非史实的画卷,他认为我们每个人都可以获得这种和谐的生活状态。泰戈尔拥有先知的天赋和非凡的创造力,他可以随心所欲地描绘出自己心灵的愿景,而这种景象使我们仿佛回到了开天辟地的远古时期。

然而，泰戈尔和在座诸位一样，他会远离市场上那些所谓"东方哲学"的商品，远离灵魂轮回的痛苦噩梦，远离非人格性的"羯磨"①，远离泛神论的、本质抽象的信仰——一般情况下，人们会将这种信仰视作印度高层次文明的特点之一，但在泰戈尔看来，这种信仰是无法从先贤圣哲的言辞里找到依据的。他认真研读了吠陀颂歌②、《奥义书》③（为古代印度教吠陀教义的思辨作品，用散文或韵文写成，为后世印度哲学各派提供思想依据），与佛陀④本人的言论，在这个过程中，他发现了一些他认为是无可辩驳的真理。泰戈尔在自然界中寻找神性，他在那里实现了一个鲜活的、万能的人格，那种人格可谓是自然界中拥抱万物的主，我们可以在一切短暂的生命中看到它的超自然的精神力量，这种力量既展现在伟岸的生命里，又展现在渺小的生命里，而它在那些始终要走向永恒的灵魂里则显得格外突出。在这位无名神的脚下，泰戈尔热情地奉献出赞美与祈祷的颂歌，他对神的崇拜可谓是一种美学的有神论，这种崇拜与那些苦行禁欲，以及伦理上的严肃正经是背道而驰的。他的一切诗作符合前面所描述的那种虔诚和敬畏，而这种虔诚和敬畏又可以让他获得安宁。他认为，那些在基督教中饱受困扰的疲惫心灵也会获得这样的安宁。

我们不妨将其称作神秘主义，事实上，这并不是摒弃独立人格

---

①梵文karma一词的音译，意指来世命运的因果报应。
②吠陀（Vedic）颂歌，是古代印度用梵文创作的颂神诗歌和宗教诗歌的总称，部分具有较高的文学价值。
③《奥义书》（Upanishad），古印度哲学典籍，《吠陀》最后一部分。
④指佛教的始祖释迦牟尼。

以委身于"一切"——而这"一切"又如同"虚无"——的神秘主义。我们这里说到的神秘主义,实质上是拥有了灵魂的一切才能,并且可以竭尽全力将其修炼到最高层次,使其能够怀着极大的热情去迎接活生生的万物之父。在泰戈尔之前的时代,印度人就已经熟悉了这种更为狂热的神秘主义。当然了,与其说是在古代禁欲者和哲学家之间早就存在这种神秘主义,倒不如说是在很多"巴克蒂"[①]的形式中蕴含着这种神秘主义的色彩;所谓的"巴克蒂",从精神上来说,是一种虔诚的信仰,其本质就是对于神的深爱与依恋。"巴克蒂"在中世纪时就受到了基督教与其他外来宗教的影响,当时,它就已经在印度教的各个阶段中寻求其唯一的信仰了,虽然这种理论的特征发生了多次变化,但就概念而言,它却仍然属于一神论。所有高层次的信仰都消失殆尽,或不为人知,因为对于大多数印度人来说,他们没有足够的力量来抵抗混杂的崇拜对他们的奉承,所以这种崇拜才会开始无节制地扩散,因而许多人受到蛊惑而被其俘虏,最终,高层次的信仰便随之泯灭。虽然泰戈尔从他本国先贤的思想中获得启示,但是当今时代可以让他拥有更加稳固的现实基础——和平与冲突拉近了人类的距离。他试图建立一种共同的责任感,这种责任感可以使美好的祝福传遍大地与海洋,也可以使人们致力于发展和平事业。泰戈尔用诗歌为我们描绘出一幅灿烂辉煌的画卷,我们可以从中领悟到瞬间凝固成永恒的奥秘:

在你的手中时间是无穷的,我的主啊!没有人能计算出你的分秒。

[①] "巴克蒂"(Bhakti)的意思是"守贞专奉",指印度教内部强调信徒必须专心恋慕一位神的虔修运动,即下文所说的"一神论"。

昼尽夜临，夜去昼来，时间犹如花开花落。你知道如何等待。

你的世纪，一个接着一个，为的是完成一朵小小的野花。

我们没有时光可以蹉跎；因为没有时间，我们必须争取机会。因为太贫穷了，我们不能再丧失机会。

当我们将时间分配给每个求之心切的人们，时间正从我们身旁擦肩而过，最终空着你的祭坛，没有任何供物。

一天又将逝去，我匆匆赶来，唯恐你已把门关上；但我发现仍有时间。

（《吉檀迦利》第82首）

按：泰戈尔未出席颁奖典礼，但发表了致谢电报。

我恳切地向瑞典文学院表达我的谢意，同时感谢你们的理解；这理解拉近了人们之间的距离，使陌生人成为兄弟。

目 录

新月集
  家　庭　2
  孩童之道　3
  不被注意的花饰　5
  偷睡眠者　7
  开　始　9
  孩子的世界　11
  责　备　12
  审判官　14
  玩　具　15
  天文家　16
  云与波　18
  金色花　20
  仙人世界　22
  流放的地方　24
  雨　天　27

纸　船　29

水　手　30

对　岸　32

花的学校　34

商　人　36

同　情　38

职　业　39

长　者　41

小大人　43

十二点钟　45

著作家　46

恶邮差　48

英　雄　50

告　别　53

召　唤　55

第一次的茉莉　56

榕　树　58

祝　福　59

赠　品　60

我的歌　61

孩子的天使　62

最后的买卖　63

飞鸟集

泰戈尔作品年表　139

新月集

家　庭

　　我独自在横跨过田地的路上走着,夕阳像一个守财奴似的,正藏起它的最后的金子。

　　白昼更加深沉地投入黑暗之中,那已经收割了的孤寂的田地,默默地躺在那里。

　　天空里突然升起了一个男孩子的尖锐的歌声。他穿过看不见的黑暗,留下他的歌声的辙痕跨过黄昏的静谧。

　　他的乡村的家坐落在荒凉的边上,在甘蔗田的后面,躲藏在香蕉树、瘦长的槟榔树、椰子树和深绿色的贾克果树的阴影里。

　　我在星光下独自走着的路上停留了一会儿,我看见黑沉沉的大地展开在我的面前,用她的手臂拥抱着无数的家庭,在那些家庭里有着摇篮和床铺,母亲们的心和夜晚的灯,还有年轻的生命,他们满心欢乐,却浑然不知这样的欢乐对于世界的价值。

孩童之道

只要孩子愿意,他此刻便可飞上天去。

他所以不离开我们,并不是没有缘故。

他爱把他的头倚在妈妈的胸间,他即使是一刻不见她,也是不行的。

孩子知道各式各样的聪明话,虽然世间的人很少懂得这些话的意义。

他所以永不想说,并不是没有缘故。

他所要做的一件事,就是要学习从妈妈的嘴唇里说出来的话。那就是他所以看起来这样天真的缘故。

孩子有成堆的黄金与珠子,但他到这个世界上来,却像一个乞丐。

他所以这样假装了来,并不是没有缘故。

这个可爱的小小的裸着身体的乞丐，所以假装着完全无助的样子，便是想要乞求妈妈的爱的财富。

　　孩子在纤小的新月的世界里，是一切束缚都没有的。
　　他所以放弃了他的自由，并不是没有缘故。
　　他知道有无穷的快乐藏在妈妈的心的小小一隅里，被妈妈亲爱的手臂所拥抱，其甜美远胜过自由。

　　孩子永不知道如何哭泣。他所住的是完全的乐土。
　　他所以要流泪，并不是没有缘故。
　　虽然他用了可爱的脸儿上的微笑，引逗得他妈妈的热切的心向着他，然而他因为细故而发的小小的哭声，却编成了怜与爱的双重约束的带子。

不被注意的花饰

啊,谁给那件小外衫染上颜色的,我的孩子?谁使你的温软的肢体穿上那件红的小外衫的?

你在早晨就跑出来到天井里玩儿,你,跑着就像摇摇欲跌似的。

但是谁给那件小外衫染上颜色的,我的孩子?

什么事叫你大笑起来的,我的小小的命芽儿?

妈妈站在门边,微笑地望着你。

她拍着她的双手,她的手镯叮当地响着,你手里拿着你的竹竿儿在跳舞,活像一个小小的牧童。

但是什么事叫你大笑起来的,我的小小的命芽儿?

喔,乞丐,你双手攀搂住妈妈的头颈,要乞讨些什么?

喔,贪得无厌的心,要我把整个世界从天上摘下来,像摘一个果子似的，把它放在你的一双小小的玫瑰色的手掌上么？
喔，乞丐，你要乞讨些什么？

风高兴地带走了你踝铃的叮当。
太阳微笑着，望着你的打扮。
当你睡在你妈妈的臂弯里时，天空在上面望着你，而早晨蹑手蹑脚地走到你的床跟前，吻着你的双眼。
风高兴地带走了你踝铃的叮当。

仙乡里的梦婆飞过朦胧的天空，向你飞来。
在你妈妈的心头上，那世界母亲，正和你坐在一块儿。
他，向星星奏乐的人，正拿着他的横笛，站在你的窗边。
仙乡里的梦婆飞过朦胧的天空，向你飞来。

偷睡眠者

谁从孩子的眼里把睡眠偷了去呢？我一定要知道。

妈妈把她的水罐挟在腰间，走到近村汲水去了。

这是正午的时候，孩子们游戏的时间已经过去了；池中的鸭子沉默无声。

牧童躺在榕树的荫下睡着了。

白鹤庄重而安静地立在檬果树边的泥泽里。

就在这个时候，偷睡眠者跑来从孩子的两眼里捉住睡眠，便飞去了。

当妈妈回来时，她看见孩子四肢着地在屋里爬着。

谁从孩子的眼里把睡眠偷了去呢？我一定要知道。我一定要找到她，把她锁起来。

我一定要向那个黑洞里张望，在这个洞里，有一道小泉从圆的和有皱纹的石上滴下来。

我一定要到醉花①林中的沉寂的树影里搜寻，在这林中，鸽子在它们住的地方咕咕地叫着，仙女的脚环在繁星满天的静夜里叮当地响着。

　　我要在黄昏时，向静静的萧萧的竹林里窥望，在这林中，萤火虫闪闪地耗费它们的光明，只要遇见一个人，我便要问他："谁能告诉我偷睡眠者住在什么地方？"

　　谁从孩子的眼里把睡眠偷了去呢？我一定要知道。
　　只要我能捉住她，怕不会给她一顿好教训！
　　我要闯入她的巢穴，看她把所有偷来的睡眠藏在什么地方。
　　我要把它们都夺来，带回家去。
　　我要把她的双翼缚得紧紧的，把她放在河边，然后叫她拿一根芦苇在灯芯草和睡莲间钓鱼为戏。
　　黄昏，街上已经收了市，村里的孩子们都坐在妈妈的膝上时，夜鸟便会讥笑地在她耳边说：
　　"你现在还想偷谁的睡眠呢？"

---

①醉花（bakula），学名Mimusops Elengi。印度传说美女口中吐出香液，此花始开。

开　始

"我是从哪儿来的，你，在哪儿把我捡起来的？"孩子问他的妈妈。

她把孩子紧紧地搂在胸前，半哭半笑地答道——

"你曾被我当作心愿藏在我的心里，我的宝贝。

"你曾存在于我孩童时代玩的泥娃娃身上；每天早晨我用泥土塑造我的神像，那时我反复地塑了又捏碎了的就是你。

"你曾和我们的家庭守护神一同受到祀奉，我崇拜家神时也就崇拜了你。

"你曾活在我所有的希望和爱情里，活在我的生命里，我母亲的生命里。

"在主宰着我们家庭的不死的精灵的膝上，你已经被抚育了好多年了。

"当我做女孩子的时候，我的心的花瓣儿张开，你就像一股花香似的散发出来。

"你的软软的温柔,在我青春的肢体上开花了,像太阳出来之前的天空上的一片曙光。

　　"上天的第一宠儿,晨曦的孪生兄弟,你从世界的生命的溪流浮泛而下,终于停泊在我的心头。

　　"当我凝视你的脸蛋儿的时候,神秘之感淹没了我;你这属于一切人的,竟成了我的。

　　"为了怕失掉你,我把你紧紧地搂在胸前。是什么魔术把这世界的宝贝引到我这双纤小的手臂里来的呢?"

孩子的世界

我愿我能在我孩子自己的世界的中心，占一角清静地。

我知道有星星同他说话，天空也在他面前垂下，用它呆呆的云朵和彩虹来愉悦他。

那些大家以为他是哑的人，那些看去像是永不会走动的人，都带了他们的故事，捧了满装着五颜六色的玩具的盘子，匍匐地来到他的窗前。

我愿我能在横过孩子心中的道路上游行，解脱了一切的束缚；

在那儿，使者奉了无所谓的使命奔走于无史的诸王的王国间；

在那儿，理智以她的法律造为纸鸢而放飞，真理也使事实从桎梏中自由了。

责 备

为什么你眼里有了眼泪,我的孩子?
他们真是可怕,常常无谓地责备你!
你写字时墨水玷污了你的手和脸——这就是他们所以骂你龌龊的缘故么?
呵,呸!他们也敢因为圆圆的月儿用墨水涂了脸,便骂它龌龊么?

他们总要为了每一件小事去责备你,我的孩子。他们总是无谓地寻人错处。
你游戏时扯破了你的衣服——这就是他们所以说你不整洁的缘故么?
呵,呸!秋之晨从它的破碎的云衣中露出微笑,那么,他们要叫它什么呢?

他们对你说什么话，尽管可以不去理睬，我的孩子。

他们把你做错的事长长地记了一笔账。

谁都知道你是十分喜欢糖果的——这就是他们所以称你作贪婪的缘故么？

呵，呕！我们是喜欢你的，那么，他们要叫我们什么呢？

审判官

　　你想说他什么尽管说吧,但是我知道我孩子的短处。
　　我爱他并不因为他好,只是因为他是我的小小的孩子。
　　你如果把他的好处与坏处两两相权,你怎会知道他是如何的可爱呢?
　　当我必须责罚他的时候,他更成为我的生命的一部分了。
　　当我使他眼泪流出时,我的心也和他同哭了。
　　只有我才有权去骂他,去责罚他,因为只有热爱人的才可以惩戒人。

玩 具

孩子，你真是快活呀，一早晨坐在泥土里，耍着折下来的小树枝。

我微笑地看你在那里耍着那根折下来的小树枝。

我正忙着算账，一小时一小时在那里加叠数字。

也许你在看我，想道："这种好没趣的游戏，竟把你的一早晨的好时间浪费掉了！"

孩子，我忘了聚精会神玩耍树枝与泥饼的方法了。

我寻求贵重的玩具，收集金块与银块。

你呢，无论找到什么便去做你的快乐的游戏，我呢，却把我的时间与力气都浪费在那些我永不能得到的东西上。

我在我的脆薄的独木船里挣扎着要航过欲望之海，竟忘了我也是在那里做游戏了。

天文家

我不过说:"当傍晚圆圆的满月挂在迦昙波①的枝头时,有人能去捉住它么?"

哥哥却对我笑道:"孩子呀,你真是我所见到的顶顶傻的孩子。月亮离我们这样远,谁能去捉住它呢?"

我说:"哥哥,你真傻!当妈妈向窗外探望,微笑着往下看我们游戏时,你也能说她远么?"

哥哥还是说:"你这个傻孩子!但是,孩子,你到哪里去找一个大得能逮住月亮的网呢?"

我说:"你自然可以用双手去捉住它呀。"

但是哥哥还是笑着说:"你真是我所见到的顶顶傻的孩子!如果月亮走近了,你便知道它是多么大了。"

我说:"哥哥,你们学校里所教的,真是没有用呀!当妈妈低

---

①迦昙波,原名kadam,亦作kadamba,学名Namlea Cadamba,意译"白花",即昙花。

下脸儿跟我们亲嘴时,她的脸看来也是很大的么?"
　　但是哥哥还是说:"你真是一个傻孩子。"

云与波

妈妈，住在云端的人对我唤道——
"我们从醒的时候游戏到白日终止。
"我们与黄金色的曙光游戏，我们与银白色的月亮游戏。"
我问道："但是，我怎么能够上你那里去呢？"
他们答道："你到地球的边上来，举手向天，就可以被接到云端里来了。"
"我妈妈在家里等我呢，"我说，"我怎么能离开她而来呢？"
于是他们微笑着浮游而去。
但是我知道一个比这个更好的游戏，妈妈。
我做云，你做月亮。
我用两只手遮盖你，我们的屋顶就是青碧的天空。

住在波浪上的人对我唤道——

"我们从早晨唱歌到晚上;我们前进又前进地旅行,也不知我们所经过的是什么地方。"

我问道:"但是,我怎么能加入你们队伍里去呢?"

他们告诉我说:"来到岸旁,站在那里,紧闭你的两眼,你就被带到波浪上来了。"

我说:"傍晚的时候,我妈妈常要我在家里——我怎么能离开她而去呢!"

于是他们微笑着,跳舞着奔流过去。

但是我知道一个比这个更好的游戏。

我是波浪,你是陌生的岸。

我奔流而进,进,进,笑哈哈地撞碎在你的膝上。

世界上就没有一个人会知道我们俩在什么地方。

金色花

假如我变了一朵金色花[①]，只是为了好玩，长在那棵树的高枝上，笑哈哈地在风中摇摆，又在新生的树叶上跳舞，妈妈，你会认识我么？

你要是叫道："孩子，你在哪里呀？"我暗暗地在那里匿笑，却一声儿不响。

我要悄悄地开放花瓣儿，看着你工作。

当你沐浴后，湿发披在两肩，穿过金色花的林荫，走到你做祷告的小庭院时，你会嗅到这花的香气，却不知道这香气是从我身上来的。

当你吃过中饭，坐在窗前读《罗摩衍那》[②]，那棵树的阴影落在你的头发与膝上时，我便要投我的小小的影子在你的书页上，正

[①] 金色花，原名champa，亦作champak，学名Michclia Champaca，印度圣树，木兰花属植物，开金黄色碎花。译名亦作"瞻波伽"或"占博迦"。
[②]《罗摩衍那》（Ramayana）为印度叙事诗，相传系蚁垤（valmiki）所作。今传本形式约为公元2世纪间所形成。全书分为七卷，共两万四千颂，皆系叙述罗摩生平之作。罗摩即罗摩犍陀罗，十车王之子，悉多之夫。他于第二世（Treta yaga）入世，为毗湿奴神第七化身。印度人视他为英雄，有崇拜他如神的。

投在你所读的地方。

　　但是你会猜得出这就是你孩子的小影子么?

　　当你黄昏时拿了灯到牛棚里去,我便要突然地再落到地上来,又成了你的孩子,求你讲故事给我听。

　　"你到哪里去了,你这坏孩子?"

　　"我不告诉你,妈妈。"这就是你同我那时所要说的话了。

仙人世界

如果人们知道了我的国王的宫殿在哪里,它就会消失在空气中的。

墙壁是白色的银,屋顶是耀眼的黄金。

皇后住在有七个庭院的宫苑里;她戴的一串珠宝,值得整整七个王国的全部财富。

不过,让我悄悄地告诉你,妈妈,我的国王的宫殿究竟在哪里。它就在我们阳台的角上,在那栽着杜尔茜花的花盆放着的地方。

公主躺在远远的、隔着七个不可逾越的重洋的那一岸沉睡着。

除了我自己,世界上便没有人能够找到她。

她臂上有镯子,她耳上挂着珍珠,她的头发拖到地板上。

当我用我的魔杖点触她的时候,她就会醒过来,而当她微笑时,珠玉将会从她唇边落下来。

不过,让我在你的耳朵边悄悄地告诉你,妈妈,她就住在我们阳台的角上，在那栽着杜尔茜花的花盆放着的地方。

当你要到河里洗澡的时候，你走上屋顶的那座阳台来吧。

我就坐在墙的阴影所汇聚的一个角落里。

我只让小猫儿跟我在一起，因为它知道那故事里的理发匠住的地方。

不过，让我在你的耳朵边悄悄地告诉你，那故事里的理发匠到底住在哪里。

他住的地方，就在阳台的角上，在那栽着杜尔茜花的花盆放着的地方。

流放的地方

妈妈，天空上的光成了灰色了；我不知道是什么时候了。

我玩得怪没劲的，所以到你这里来了。这是星期六，是我们的休息日。

放下你的活计，妈妈，坐在靠窗的一边，告诉我童话里的特潘塔沙漠在什么地方？

雨的影子遮掩了整个白天。

凶猛的电光用它的爪子抓着天空。

当乌云在轰轰地响着，天打着雷的时候，我总爱心里带着恐惧爬伏到你的身上。

当大雨倾泻在竹叶子上好几个钟头，而我们的窗户被狂风震得咯咯发响的时候，我就爱独自和你坐在屋里，妈妈，听你讲童话里的特潘塔沙漠的故事。

它在哪里,妈妈,在哪一个海洋的岸上,在哪些个山峰的脚下,在哪一个国王的国土里?

田地上没有此疆彼壤的界石,也没有村人在黄昏时走回家的,或妇人在树林里捡拾枯枝而捆载到市场上去的道路。沙地上只有一小块一小块的黄色草地,只有一株树,就是那一对聪明的老鸟儿在那里做窝的,那个地方就是特潘塔沙漠。

我能够想象得到,就在这样一个乌云密布的日子,国王的年轻的儿子,怎样地独自骑着一匹灰色马,走过这个沙漠,去寻找那被囚禁在不可知的重洋之外的巨人宫里的公主。

当雨雾在遥远的天空下降,电光像一阵突然发作的痛楚的痉挛似的闪射的时候,他可记得他的不幸的母亲,为国王所弃,正在扫除牛棚,眼里流着眼泪,当他骑马走过童话里的特潘塔沙漠的时候?

看,妈妈,一天还没有完,天色就差不多黑了,那边村庄的路上没有什么旅客了。

牧童早就从牧场上回家了,人们都已从田地里回来,坐在他们草屋的檐下的草席上,眼望着阴沉的云块。

妈妈,我把我所有的书本都放在书架上了——不要叫我现在做功课。

当我长大了,大得像爸爸一样的时候,我将会学到必须学到的东西的。

但是，今天你可得告诉我，妈妈，童话里的特潘塔沙漠在什么地方？

雨　天

乌云很快地集拢在森林的黝黑的边缘上。

孩子，不要出去呀！

湖边的一行棕树，向暝暗的天空撞着头；羽毛凌乱的乌鸦，静悄悄地栖在罗望子的枝上，河的东岸正被乌沉沉的暝色所侵袭。

我们的牛系在篱上，高声鸣叫。

孩子，在这里等着，等我先把牛牵进牛棚里去。

许多人都挤在池水泛溢的田间，捉那从泛溢的池中逃出来的鱼儿；雨水成了小河，流过狭街，好像一个嬉笑的孩子从他妈妈那里跑开，故意要恼她一样。

听呀，有人在浅滩上喊船夫呢。

孩子，天色暝暗了，渡头的摆渡船已经停了。

天空好像是在滂沱的雨上快跑着；河里的水喧叫而且暴躁；妇

人们早已拿着汲满了水的水罐,从恒河畔匆匆地回家了。

夜里用的灯,一定要预备好。

孩子,不要出去呀!

到市场去的大道已没有人走,到河边去的小路又很滑。风在竹林里咆哮着,挣扎着,好像一只落在网中的野兽。

纸　船

　　我每天把纸船一个个放在急流的溪中。

　　我用大黑字写我的名字和我住的村名在纸船上。

　　我希望住在异地的人会得到这纸船，知道我是谁。

　　我把园中长的秀利花载在我的小船上，希望这些黎明开的花能在夜里被平平安安地带到岸上。

　　我投我的纸船到水里，仰望天空，看见小朵的云正张着满鼓着风的白帆。

　　我不知道天上有我的什么游伴把这些船放下来同我的船比赛！

　　夜来了，我的脸埋在手臂里，梦见我的纸船在子夜的星光下缓缓地浮泛前去。

　　睡仙坐在船里，带着满载着梦的篮子。

水　手

　　船夫曼特胡的船只停泊在拉琪根琪码头。

　　这只船无用地装载着黄麻，无所事事地停泊在那里已经好久了。

　　只要他肯把他的船借给我，我就给它安装一百支桨，扬起五个或六个或七个布帆来。

　　我决不把它驾驶到愚蠢的市场上去。

　　我将航行遍仙人世界里的七个大海和十三条河道。

　　但是，妈妈，你不要躲在角落里为我哭泣。

　　我不会像罗摩犍陀罗①似的，到森林中去，一去十四年才回来。

　　我将成为故事中的王子，把我的船装满了我所喜欢的东西。

　　我将带我的朋友阿细和我做伴。我们要快快乐乐地航行于仙人

---

①罗摩犍陀罗即罗摩。他是印度叙事诗《罗摩衍那》中的主角。为了尊重父亲的诺言和维持弟兄间的友爱，他抛弃了继承王位的权利，和妻子悉多在森林中被放逐了十四年。

世界里的七个大海和十三条河道。

　　我将在绝早的晨光里张帆航行。
　　中午，你正在池塘里洗澡的时候，我们将在一个陌生的国王的国土上了。
　　我们将经过特浦尼浅滩，把特潘塔沙漠抛落在我们的后边。
　　当我们回来的时候，天色快黑了，我将告诉你我们所见到的一切。
　　我将越过仙人世界里的七个大海和十三条河道。

对　岸

我渴想到河的对岸去。

在那边，好些船只一行系在竹竿上；

人们在早晨乘船渡过那边去，肩上扛着犁头，去耕耘他们的远处的田；

在那边，牧人使他们鸣叫着的牛游泳到河旁的牧场去；

黄昏的时候，他们都回家了，只留下豺狼在这满长着野草的岛上哀叫。

妈妈，如果你不在意，我长大的时候，要做这渡船的船夫。

据说有好些古怪的池塘藏在这个高岸之后。

雨过去了，一群一群的野鹜飞到那里去，茂盛的芦苇在岸边四围生长，水鸟在那里生蛋；

竹鸡带着跳舞的尾巴，将它们细小的足印印在洁净的软泥上；

黄昏的时候，长草顶着白花，邀月光在长草的波浪上浮游。

妈妈，如果你不在意，我长大的时候，要做这渡船的船夫。

我要自此岸至彼岸，渡过来，渡过去，所有村中正在那儿沐浴的男孩女孩，都要诧异地望着我。

太阳升到中天，早晨变为正午了，我将跑到你那里去，说道："妈妈，我饿了！"

一天完了，影子俯伏在树底下，我便要在黄昏中回家来。

我将永不同爸爸那样，离开你到城里去做事。

妈妈，如果你不在意，我长大的时候，要做这渡船的船夫。

花的学校

当雷云在天上轰响,六月的阵雨落下的时候,
润湿的东风走过荒野,在竹林中吹着口笛。
于是一群一群的花从无人知道的地方突然跑出来,在绿草上欢快地跳着舞。

妈妈,我真的觉得那群花朵是在地下的学校里上学。
他们关了门做功课,如果他们想在散学以前出来游戏,他们的老师是要罚他们站壁角的。

雨一来,他们便放假了。
树枝在林中互相碰触着,绿叶在狂风里萧萧地响着,雷云拍着大手,这时花孩子们便穿了紫的、黄的、白的衣裳,冲了出来。

你可知道,妈妈,他们的家是在天上,在星星所住的地方。

你没有看见他们怎样地急着要到那儿去么？你不知道他们为什么那样急急忙忙么？
　　我自然能够猜得出他们是对谁扬起双臂来：他们也有他们的妈妈，就像我有我自己的妈妈一样。

商　人

妈妈，让我们想象，你待在家里，我到异邦去旅行。

再想象，我的船已经装得满满的在码头上等候启碇了。

现在，妈妈，好生想一想再告诉我，回来的时候我要带些什么给你。

妈妈，你要一堆一堆的黄金么？

在金河的两岸，田野里全是金色的稻实。

在林荫的路上，金色花也一朵一朵地落在地上。

我要为你把它们全都收拾起来，放在好几百个篮子里。

妈妈，你要秋天的雨点一般大的珍珠么？

我要渡海到珍珠岛的岸上去。

那个地方，在清晨的曙光里，珠子在草地的野花上颤动。珠子落在绿草上，珠子被汹狂的海浪一大把一大把地撒在沙滩上。

我的哥哥呢,我要送他一对有翼的马,会在云端飞翔的。

爸爸呢,我要带一支有魔力的笔给他,他还没有感觉到,笔就写出字来了。

你呢,妈妈,我一定要把那个值七个王国的首饰箱和珠宝送给你。

同　情

　　如果我只是一只小狗，而不是你的小孩，亲爱的妈妈，当我想吃你的盘里的东西时，你要向我说"不"么？
　　你要赶开我，对我说道："滚开，你这淘气的小狗么？"
　　那么，走吧，妈妈，走吧！当你叫唤我的时候，我就永不到你那里去，也永不要你再喂我吃东西了。

　　如果我只是一只绿色的小鹦鹉，而不是你的小孩，亲爱的妈妈，你要把我紧紧地锁住，怕我飞走么？
　　你要对我指指点点地说道："怎样的一个不知感恩的贱鸟呀！整日整夜地尽在咬它的链子么？"
　　那么，走吧，妈妈，走吧！我要跑到树林里去，我就永不再让你抱我在你的臂里了。

职　业

早晨，钟敲十下的时候，我沿着我们的小巷到学校去。

每天我都遇见那个小贩，他叫道："镯子呀，亮晶晶的镯子！"

他没有什么事情急着要做，他没有哪条街一定要走，他没有什么地方一定要去，他没有什么时间一定要回家。

我愿意我是一个小贩，在街上过日子，叫着："镯子呀，亮晶晶的镯子！"

下午四点，我从学校里回家。

从一家门口，我看得见一个园丁在那里掘地。

他用他的锄子，要怎么掘，便怎么掘，他被尘土污了衣裳，如果他被太阳晒黑了或是身上被打湿了，都没有人骂他。

我愿意我是一个园丁，在花园里掘地，谁也不来阻止我。

天色刚黑，妈妈就送我上床。

从开着的窗口，我看得见更夫走来走去。

小巷又黑又冷清，路灯立在那里，像一个头上生着一只红眼睛的巨人。

更夫摇着他的提灯，跟他身边的影子一起走着，他一生一次都没有上床去过。

我愿意我是一个更夫，整夜在街上走，提了灯去追逐影子。

长　者

　　妈妈，你的孩子真傻！她是那么可笑地不懂事！
　　她不知道路灯和星星的分别。
　　当我们玩着把小石子当食物的游戏时，她便以为它们真是吃的东西，竟想放进嘴里去。
　　当我翻开一本书，放在她面前，要她读a、b、c时，她却用手把书页撕了，无端快活地叫起来，你的孩子就是这样做功课的。
　　当我生气地对她摇头，骂她，说她顽皮时，她却哈哈大笑，以为很有趣。
　　谁都知道爸爸不在家，但是，如果我在游戏时高声叫一声"爸爸"，她便要高兴地四面张望，以为爸爸真是近在身边。
　　当我把洗衣人带来载衣服回去的驴子当作学生，并且警告她说，我是老师，她却无缘无故地乱叫起我哥哥来。
　　你的孩子要捉月亮。

她是这样的可笑；她把格尼许①唤作琪奴许。

妈妈，你的孩子真傻，她是那么可笑地不懂事！

———————
①格尼许（ganesh）是毁灭之神湿婆的儿子，象首人身。同时也是现代印度人所最喜欢用来做名字的第一个字。

小大人

　　我人很小，因为我是一个小孩子。到了我像爸爸一样年纪时，便要变大了。

　　我的先生要是走来说道："时候晚了，把你的石板、你的书拿来。"

　　我便要告诉他道："你不知道我已经同爸爸一样大了么？我决不再学什么功课了。"

　　我的老师便将惊异地说道："他读书不读书可以随便，因为他是大人了。"

　　我将自己穿了衣裳，走到人群拥挤的市场里去。

　　我的叔叔要是跑过来说道："你要迷路了，我的孩子；让我抱着你吧。"

　　我便要回答道："你没有看见么，叔叔？我已经同爸爸一样大了，我决定要独自一个人到市场里去。"

叔叔便将说道:"是的,他随便到哪里去都可以,因为他是大人了。"

当我正拿钱给我保姆时,妈妈便要从浴室中出来,因为我是知道怎样用我的钥匙去开银箱的。

妈妈要是说道:"你在做什么呀,顽皮的孩子?"

我便要告诉她道:"妈妈,你不知道我已经同爸爸一样大了么?我必须拿钱给保姆。"

妈妈便将自言自语道:"他可以随便把钱给他所喜欢的人,因为他是大人了。"

当十月里放假的时候,爸爸将要回家,他会以为我还是一个小孩子,为我从城里带来了小鞋子和小绸衫来。

我便要说道:"爸爸,把这些东西给哥哥吧,因为我已经同你一样大了。"

爸爸便将想了一想,说道:"他可以随便去买他自己穿的衣裳,因为他是大人了。"

十二点钟

妈妈，我真想现在不做功课了。我整个早晨都在念书呢。

你说，现在还不过是十二点钟。假定不会晚过十二点罢；难道你不能把不过是十二点钟想象成下午么？

我能够容容易易地想象：现在太阳已经到了那片稻田的边缘上了，老态龙钟的渔婆正在池边采撷香草做她的晚餐。

我闭上了眼就能够想到：马塔尔树下的阴影更深黑了，池塘里的水看来黑得发亮。

假如十二点钟能够在黑夜里来到，为什么黑夜不能在十二点钟的时候来到呢？

著作家

你说爸爸写了许多书,但我却不懂得他所写的东西。

他整个黄昏读书给你听,但是你真懂得他的意思么?

妈妈,你给我们讲的故事,真是好听呀!我很奇怪,爸爸为什么不能写那样的书呢?

难道他从来没有从他自己的妈妈那里听见过巨人、神仙和公主的故事么?

还是已经完全忘记了?

他常常耽误了沐浴,你不得不走去叫他一百多次。

你总要等候着,把他的菜温着等他,但他忘了,还尽管写下去。

爸爸老是以著书为游戏。

如果我一走进爸爸房里去游戏,你就要走来叫道:"真是一个顽皮的孩子!"

如果我稍微出一点儿声音，你就要说："你没有看见你爸爸正在工作么？"

老是写了又写，有什么趣味呢？

当我拿起爸爸的钢笔或铅笔，像他一模一样地在他的书上写着a、b、c、d、e、f、g、h、i……那时，你为什么跟我生气呢，妈妈？

爸爸写时，你却从来不说一句话。

当我爸爸耗费了那么一大堆纸时，妈妈，你似乎全不在乎。

但是，如果我只取了一张纸去做一只船，你却要说："孩子，你真讨厌！"

你对于爸爸拿黑点子涂满了纸的两面，污损了许多许多张纸，心里以为怎样呢？

恶邮差

你为什么坐在那边地板上不言不动的,告诉我呀,亲爱的妈妈?

雨从开着的窗口打进来了,把你身上全打湿了,你却不管。

你听见钟已打四下了么?正是哥哥从学校里回家的时候了。

到底发生了什么事,你的神色这样不对?

你今天没有接到爸爸的信么?

我看见邮差在他的袋里带了许多信来,几乎镇里的每个人都分送到了。

只有爸爸的信,他留起来给他自己看。我确信这个邮差是个坏人。

但是不要因此不乐呀,亲爱的妈妈。

明天是邻村市集的日子。你叫女仆去买些笔和纸来。

我自己会写爸爸所写的一切信,使你找不出一点儿错处来。

我要从A字一直写到K字。

但是，妈妈，你为什么笑呢?

你不相信我能写得同爸爸一样好!

但是我将用心画格子，把所有的字母都写得又大又美。

当我写好了时，你以为我也像爸爸那样傻，把它投入可怕的邮差的袋中么?

我立刻就自己送来给你，而且一个字母一个字母地帮助你读。

我知道那邮差是不肯把真正的好信送给你的。

英　雄

　　妈妈，让我们想象我们正在旅行，经过一个陌生而危险的国土。

　　你坐在一顶轿子里，我骑着一匹红马，在你旁边跑着。

　　是黄昏的时候，太阳已经下山了。约拉地希的荒地疲乏而灰暗地展开在我们面前。大地是凄凉而荒芜的。

　　你害怕了，想道——"我不知道我们到了什么地方了。"

　　我对你说道："妈妈，不要害怕。"

　　草地上刺蓬蓬地长着针尖似的草，一条狭而崎岖的小道通过这块草地。

　　在这片广大的地面上看不见一只牛；它们已经回到它们村里的牛棚去了。

　　天色黑了下来，大地和天空都显得朦朦胧胧的，而我们不能说出我们正走向什么所在。

突然间,你叫我,悄悄地问我道:"靠近河岸的是什么火光呀?"

正在那个时候,一阵可怕的呐喊声爆发了,好些人影子向我们跑过来。

你蹲坐在你的轿子里,嘴里反复地祷念着神的名字。

轿夫们,怕得发抖,躲藏在荆棘丛中。

我向你喊道:"不要害怕,妈妈,有我在这里。"

他们手里执着长棒,头发披散着,越走越近了。

我喊道:"要当心!你们这些坏蛋!再向前走一步,你们就要送命了。"

他们又发出一阵可怕的呐喊声,向前冲过来。

你抓住我的手,说道:"好孩子,看在上天面上,躲开他们吧。"

我说道:"妈妈,你瞧我的。"

于是我刺策着我的马匹,猛奔过去,我的剑和盾彼此碰着作响。

这一场战斗是那么激烈,妈妈,如果你从轿子里看得见的话,你一定会发冷战的。

他们之中,许多人逃走了,还有好些人被砍杀了。

我知道你那时独自坐在那里,心里正在想着,你的孩子这时候一定已经死了。

　　但是我跑到你的跟前,浑身溅满了鲜血,说道:"妈妈,现在战争已经结束了。"

　　你从轿子里走出来,吻着我,把我搂在你的心头,你自言自语地说道:

　　"如果我没有我的孩子护送我,我简直不知道怎么办才好。"

　　一千件无聊的事天天在发生,为什么这样一件事不能够偶然实现呢?

　　这很像一本书里的一个故事。

　　我的哥哥要说道:"这是可能的事么?我老是在想,他是那么嫩弱呢!"

　　我们村里的人们都要惊讶地说道:"这孩子正和他妈妈在一起,这不是很幸运么?"

告 别

　　是我走的时候了，妈妈，我走了。

　　当清寂的黎明，你在暗中伸出双臂，要抱你睡在床上的孩子时，我要说道："孩子不在那里呀！"——妈妈，我走了。

　　我要变成一股清风抚摩着你；我要变成水的涟漪，当你沐浴时，把你吻了又吻。

　　大风之夜，当雨点在树叶中渐沥时，你在床上，会听见我的微语；当电光从开着的窗口闪进你的屋里时，我的笑声也偕了它一同闪进了。

　　如果你醒着躺在床上，想你的孩子到深夜，我便要从星空向你唱道："睡呀！妈妈，睡呀。"

　　我要坐在各处游荡的月光上，偷偷地来到你的床上，乘你睡着时，躺在你的胸上。

　　我要变成一个梦儿，从你的眼皮的微缝中，钻到你的睡眠的深处，当你醒来吃惊地四望时，我便如闪耀的萤火虫似的，熠熠地向暗中飞去了。

当普耶节①日,邻舍家的孩子们来屋里游玩时,我便要融化在笛声里,整日价在你心头震荡。

亲爱的阿姨带了普耶礼②来,问道:"我们的孩子在哪里,姊姊?"妈妈,你将要柔声地告诉她:"他呀,他现在是在我的瞳仁里,他现在是在我的身体里,在我的灵魂里。"

---

①普耶(Puja),意为"祭神大典",这里的"普耶节",是指印度十月间的"难近母祭日"。
②普耶礼就是指这个节日亲友相互馈送的礼物。

召 唤

她走的时候,夜间黑漆漆的,他们都睡了。

现在,夜间也是黑漆漆的,我唤她道:"回来,我的宝贝。世界都在沉睡,当星星互相凝视的时候,你来一会儿是没有人会知道的。"

她走的时候,树木正在萌芽,春光刚刚来到。

现在花已盛开,我唤道:"回来,我的宝贝。孩子们漫不经心地在游戏,把花聚在一起,又把它们散开。你如果走来,拿一朵小花去,没有人会发觉的。"

那些常常在游戏的人,仍然还在那里游戏,生命总是如此地浪费。

我静听他们的空谈,便唤道:"回来,我的宝贝。妈妈的心里充满着爱,你如果走来,仅仅从她那里接一个小小的吻,没有人会妒忌的。"

第一次的茉莉

呵，这些茉莉花，这些白的茉莉花！
我仿佛记得我第一次双手满捧着这些茉莉花，这些白的茉莉花的时候。
我喜爱那日光，那天空，那绿色的大地；
我听见那河水淙淙的流声，在黑漆的午夜里传过来；
秋天的夕阳，在荒原上大路转角处迎我，如新妇揭起她的面纱迎接她的爱人。
但我想起孩提时第一次捧在手里的白茉莉，心里充满着甜蜜的回忆。

我生平有过许多快活的日子，在节日宴会的晚上，我曾跟着说笑话的人大笑。
在灰暗的雨天的早晨，我吟咏过许多飘逸的诗篇。
我颈上戴过爱人手织的醉花的花圈，作为晚装。

但我想起孩提时第一次捧在手里的白茉莉，心里充满着甜蜜的回忆。

榕　树

　　喂，你站在池边的蓬头的榕树，你可会忘记了那小小的孩子，就像那在你的枝上筑巢又离开了你的鸟儿似的孩子？

　　你不记得他是怎样坐在窗内，诧异地望着你深入地下的纠缠的树根么？

　　妇人们常到池边，汲了满罐的水去，你的大黑影便在水面上摇动，好像睡着的人挣扎着要醒来似的。

　　日光在微波上跳舞，好像不停不息的小梭在织着金色的花毡。

　　两只鸭子挨着芦苇，在芦苇影子上游来游去，孩子静静地坐在那里想着。

　　他想做风，吹过你的萧萧的枝杈；想做你的影子，在水面上，随了日光而俱长；想做一只鸟儿，栖息在你的最高枝上；还想做那两只鸭，在芦苇与阴影中间游来游去。

祝　福

祝福这个小心灵，这个洁白的灵魂，他为我们的大地，赢得了天的接吻。

他爱日光，他爱见他妈妈的脸。

他没有学会厌恶尘土而渴求黄金。

紧抱他在你心里，并且祝福他。

他已来到这个歧路百出的大地上了。

我不知道他怎么从群众中选出你来，来到你的门前抓住你的手问路。

他笑着，谈着，跟着你走，心里没有一点儿疑惑。

不要辜负他的信任，引导他到正路，并且祝福他。

把你的手按在他的头上，祈求着：底下的波涛虽然险恶，然而从上面来的风，会鼓起他的船帆，送他到和平的港口的。

不要在忙碌中把他忘了，让他来到你的心里，并且祝福他。

赠 品

我要送些东西给你,我的孩子,因为我们同是漂泊在世界的溪流中的。

我们的生命将被分开,我们的爱也将被忘记。

但我却没有那样傻,希望能用我的赠品来买你的心。

你的生命正是青春,你的道路也长着呢,你一口气饮尽了我们带给你的爱,便回身离开我们跑了。

你有你的游戏,有你的游伴。如果你没有时间同我们在一起,如果你想不到我们,那有什么害处呢?

我们呢,自然地,在老年时,会有许多闲暇的时间,去计算那过去的日子,把我们手里永久失了的东西,在心里爱抚着。

河流唱着歌很快地流去,冲破所有的堤防。但是山峰却留在那里,忆念着,满怀依依之情。

我的歌

我的孩子，我这一支歌将扬起它的乐声围绕你，好像那爱情的热恋的手臂一样。

我这一支歌将触着你的前额，好像那祝福的接吻一样。

当你只是一个人的时候，它将坐在你的身旁，在你耳边微语着；当你在人群中的时候，它将围住你，使你超然物外。

我的歌将成为你的梦的翼翅，它将把你的心移送到不可知的岸边。

当黑夜覆盖在你路上的时候，它又将成为那照临在你头上的忠实的星光。

我的歌又将坐在你眼睛的瞳仁里，将你的视线带入万物的心里。

当我的声音因死亡而沉寂时，我的歌仍将在你活泼泼的心中唱着。

孩子的天使

他们喧哗争斗,他们怀疑失望,他们辩论而没有结果。

我的孩子,让你的生命到他们当中去,如一线镇定而纯洁之光,使他们愉悦而沉默。

他们的贪心和妒忌是残忍的;他们的话,好像暗藏的刀,渴欲饮血。

我的孩子,去,去站在他们愤懑的心中,把你的和善的眼光落在它们上面,好像那傍晚的宽宏大量的和平,覆盖着日间的骚扰一样。

我的孩子,让他们望着你的脸,因此能够知道一切事物的意义;让他们爱你,因此他们能够相爱。

来,坐在无垠的胸膛上,我的孩子。朝阳出来时,开放而且抬起你的心,像一朵盛开的花;夕阳落下时,低下你的头,默默地做完这一天的礼拜。

最后的买卖

早晨，我在石铺的路上走时，我叫道："谁来雇用我呀？"
皇帝坐着马车，手里拿着剑走来。
他拉着我的手，说道："我要用权力来雇用你。"
但是他的权力算不了什么，他坐着马车走了。

正午炎热的时候，家家户户的门都闭着。
我沿着屈曲的小巷走去。
一个老人带着一袋金钱走出来。
他斟酌了一下，说道："我要用金钱来雇用你。"
他一个一个地数着他的钱，但我却转身离去了。

黄昏了。花园的篱上满开着花。
美人走出来，说道："我要用微笑来雇用你。"
她的微笑黯淡了，化成泪容了，她孤寂地回身走进黑暗里去。

太阳照耀在沙地上,海波任性地浪花四溅。

一个小孩坐在那里玩贝壳。

他抬起头来,好像认识我似的,说道:"我雇你不用什么东西。"

在这个小孩的游戏中做成的买卖,使我成了一个自由的人。

飞鸟集

1

夏天的飞鸟,飞到我的窗前唱歌,又飞去了。
秋天的黄叶,它们没有什么可唱,只叹息一声,飞落在那里。

2

世界上的一队小小的漂泊者呀,请留下你们的足印在我的文字里。

3

世界对着它的爱人,把它浩瀚的面具揭下了。
它变小了,小如一首歌,小如一回永恒的接吻。

4

是大地的泪点,使她的微笑保持着青春不谢。

5

广漠无垠的沙漠热烈地追求着一叶绿草的爱,但她摇摇头,笑着飞开了。

6

如果你因失去了太阳而流泪,那么你也将失去群星了。

7

跳舞着的流水呀,在你途中的泥沙,要求你的歌声,你的流动呢。你肯挟跛足的泥沙而俱下么?

8

她的热切的脸,如夜雨似的,搅扰着我的梦魂。

9

有一次,我们梦见大家都是不相识的。

我们醒了,却知道我们原是相亲相爱的。

10

忧思在我的心里平静下去,正如暮色降临在寂静的山林中。

11

有些看不见的手指,如懒懒的微飔似的,正在我的心上奏着潺湲的乐声。

12

"海水呀,你说的是什么?"
"是永恒的疑问。"
"天空呀,你回答的话是什么?"
"是永恒的沉默。"

13

静静地听,我的心呀,听那世界的低语,这是它对你求爱的表示呀。

14

创造的神秘,有如夜间的黑暗——是伟大的。而知识的幻影却不过如晨间之雾。

15

不要因为峭壁是高的,便让你的爱情坐在峭壁上。

16

我今晨坐在窗前,世界如一个路人似的,停留了一会儿,向我点点头又走过去了。

17

这些微飔,是树叶的籁籁之声呀;它们在我的心里,欢悦地微语着。

18

你看不见你自己,你所看见的只是你的影子。

19

神呀,我的那些愿望真是愚傻呀,它们杂在你的歌声中喧叫着呢。
让我只是静听着吧。

20

我不能选择那最好的。
是那最好的选择我。

21

那些把灯背在背上的人,把他们的影子投到了自己前面。

22

我的存在,对我是一个永久的神奇,这就是生活。

23

"我们,萧萧的树叶,都有声响回答那暴风雨。你是谁呢,那样地沉默着?"

"我不过是一朵花。"

24

休息与工作的关系,正如眼睑与眼睛的关系。

25

人是一个初生的孩子,他的力量,就是生长的力量。

26

上帝希望我们酬答他,在于他送给我们的花朵,而不在于太阳和土地。

27

光明如一个裸体的孩子,快快活活地在绿叶当中游戏,它不知道人是会欺诈的。

28

啊，美呀，在爱中找你自己吧，不要到你镜子的谄谀去找寻。

29

我的心把她的波浪在世界的海岸上冲激着，以热泪在上边写着她的题记：
"我爱你。"

30

"月儿呀，你在等候什么呢？"
"向我将让位给他的太阳致敬。"

31

绿树长到了我的窗前，仿佛是喑哑的大地发出的渴望的声音。

32

神自己的清晨,在他自己看来也是新奇的。

33

生命从世界得到资产,爱情使它得到价值。

34

枯竭的河床,并不感谢它的过去。

35

鸟儿愿为一朵云。
云儿愿为一只鸟。

36

瀑布歌唱道:"我得到自由时便有了歌声了。"

37

我说不出这心为什么那样默默地颓丧着。
是为了它那不曾要求,不曾知道,不曾记得的小小的需要。

38

妇人,你在料理家事的时候,你的手足歌唱着,正如山间的溪水歌唱着在小石中流过。

39

当太阳横过西方的海面时,对着东方留下他的最后的敬礼。

40

不要因为你自己没有胃口,而去责备你的食物。

41

群树如表示大地的愿望似的,踮起脚来向天空窥望。

42

你微微地笑着,不同我说什么话。而我觉得,为了这个,我已等待得久了。

43

水里的游鱼是沉默的,陆地上的兽类是喧闹的,空中的飞鸟是歌唱着的。

但是,人类却兼有海里的沉默、地上的喧闹与空中的音乐。

44

世界在踌躇之心的琴弦上跑过去,奏出忧郁的乐声。

45

他把他的刀剑当作他的上帝。

当他的刀剑胜利的时候他自己却失败了。

46

神从创造中找到他自己。

47

"阴影"戴上她的面幕,秘密地,温顺地,用她的沉默的爱的脚步,跟在"光"后边。

48

群星不怕显得像萤火虫那样。

49

谢谢神,我不是一个权力的轮子,而是被压在这轮子下的活人之一。

50

心是尖锐的,不是宽博的,它执着在每一点上,却并不活动。

51

你的偶像落散在尘土中了，这可证明神的尘土比你的偶像还伟大。

52

人不能在他的历史中表现出他自己，他在历史中奋斗着露出头角。

53

玻璃灯因为瓦灯叫他做表兄而责备瓦灯。但明月出来时，玻璃灯却温和地微笑着，叫明月为——"我亲爱的，亲爱的姐姐"。

54

我们如海鸥之与波涛相遇似的，遇见了，走近了。海鸥飞去，波涛滚滚地流开，我们也分别了。

55

我的白昼已经完了，我像一只泊在海滩上的小船，谛听着晚潮跳舞的乐声。

56

我们的生命是天赋的,我们惟有献出生命,才能得到生命。

57

当我们是大为谦卑的时候,便是我们最近于伟大的时候。

58

麻雀看见孔雀负担着它的翎尾,替它担忧。

59

决不要害怕刹那——永恒之声这样唱着。

60

飓风于无路之中寻求最短之路,又突然地在"无何有之国"终止了它的寻求。

61

在我自己的杯中,饮了我的酒吧,朋友。
一倒在别人的杯里,这酒的腾跳的泡沫便要消失了。

62

"完全"为了对"不全"的爱,把自己装饰得美丽。

63

神对人说:"我医治你所以伤害你,爱你所以惩罚你。"

64

谢谢火焰给你光明,但是不要忘了那执灯的人,他是坚忍地站在黑暗当中呢。

65

小草呀，你的足步虽小，但是你拥有你足下的土地。

66

幼花的蓓蕾开放了，它叫道："亲爱的世界呀，请不要萎谢了。"

67

神对于那些大帝国会感到厌恶，却决不会厌恶那些小小的花朵。

68

错误经不起失败，但是真理却不怕失败。

69

瀑布歌唱道："虽然渴者只要少许的水便够了，我却很快活地给予了我的全部的水。"

70

把那些花朵抛掷上去的那一阵子无休无止的狂欢大喜的劲儿,其源泉是在哪里呢?

71

樵夫的斧头,问树要斧柄。
树便给了他。

72

这寂独的黄昏,幕着雾与雨,我在我心的孤寂里,感觉到它的叹息。

73

贞操是从丰富的爱情中生出来的财富。

74

雾,像爱情一样,在山峰的心上游戏,生出种种美丽的变幻。

75

我们把世界看错了,反说它欺骗我们。

76

诗人——飙风,正出经海洋森林,追求它自己的歌声。

77

每一个孩子出生时都带来信息说:神对人并未灰心失望。

78

绿草求她地上的伴侣。
树木求他天空的寂寞。

79

人对他自己建筑起堤防来。

80

我的朋友,你的语声飘荡在我的心里,像那海水的低吟声,缭绕在静听着的松林之间。

81

这个不可见的黑暗之火焰,以繁星为其火花的,到底是什么呢?

82

使生如夏花之绚烂,死如秋叶之静美。

83

那想做好人的,在门外敲着门;那爱人的,看见门敞开着。

84

在死的时候,众多合而为一;在生的时候,一化为众多。
神死了的时候,宗教便将合而为一。

85

艺术家是自然的情人,所以他是自然的奴隶,也是自然的主人。

86

"你离我有多远呢,果实呀?"
"我藏在你心里呢,花呀。"

87

这个渴望是为了那个在黑夜里感觉得到,在大白天里却看不见的人。

88

露珠对湖水说道:"你,是在荷叶下面的大露珠,我是在荷叶上面的较小的露珠。"

89

刀鞘保护刀的锋利,它自己则满足于它的迟钝。

90

在黑暗中,"一"视如一体;在光亮中,"一"便视如众多。

91

大地借助于绿草,显出她自己的殷勤好客。

92

绿叶的生与死乃是旋风的急骤的旋转,它的更广大的旋转的圈子,乃是在天上繁星之间徐缓地转动。

93

权威对世界说道:"你是我的。"
世界便把权威囚禁在她的宝座下面。
爱情对世界说道:"我是你的。"
世界便给予爱情以在她屋内来往的自由。

94

浓雾仿佛是大地的愿望。
它藏起了太阳,而太阳原是她所呼求的。

95

安静些吧,我的心,这些大树都是祈祷者呀。

96

瞬刻的喧声,讥笑着永恒的音乐。

97

我想起了浮泛在生与爱与死的川流上的许多别的时代,以及这些时代之被遗忘,我便感觉到离开尘世的自由了。

98

我灵魂里的忧郁就是她的新婚的面纱。
这面纱等候着在夜间卸去。

99

死之印记给生的钱币以价值,使它能够用生命来购买那真正的宝物。

100

白云谦逊地站在天之一隅。
晨光给它戴上了霞彩。

101

尘土受到损辱,却以她的花朵来报答。

102

只管走过去,不必逗留着采了花朵来保存,因为一路上花朵自会继续开放的。

103

根是地下的枝。
枝是空中的根。

104

远远去了的夏之音乐,翱翔于秋间,寻求它的旧垒。

105

不要从你自己的袋里掏出勋绩借给你的朋友,这是污辱他的。

106

无名的日子的感触,攀缘在我的心上,正像那绿色的苔藓,攀缘在老树的周身。

107

回声嘲笑她的原声,以证明她是原声。

108

当富贵利达的人夸说他得到神的特别恩惠时,上帝却羞了。

109

我投射我自己的影子在我的路上,因为我有一盏还没有燃点起来的明灯。

110

人走进喧哗的群众里去,为的是要淹没他自己的沉默的呼号。

111

终止于衰竭是"死亡",但"圆满"却终止于无穷。

112

太阳只穿一件朴素的光衣,白云却披了灿烂的裙裾。

113

山峰如群儿之喧嚷,举起他们的双臂,想去捉天上的星星。

114

道路虽然拥挤,却是寂寞的,因为它是不被爱的。

115

权势以它的恶行自夸,落下的黄叶与浮游的云片却在笑它。

116

今天大地在太阳光里向我营营哼鸣,像一个织着布的妇人,用一种已经被忘却的语言,哼着一些古代的歌曲。

117

绿草是无愧于它所生长的伟大世界的。

118

梦是一个一定要谈话的妻子。
睡眠是一个默默忍受的丈夫。

119

夜与逝去的日子接吻,轻轻地在他耳旁说道:"我是死,是你的母亲。我就要给你以新的生命。"

120

　　黑夜呀，我感觉到你的美了。你的美如一个可爱的妇人，当她把灯灭了的时候。

121

　　我把在那些已逝去的世界上的繁荣带到我的世界上来。

122

　　亲爱的朋友呀，当我静听着海涛时，我好几次在暮色深沉的黄昏里，在这个海岸上，感到你的伟大思想的沉默了。

123

　　鸟以为把鱼举在空中是一种慈善的举动。

124

　　夜对太阳说道："在月亮中，你送了你的情书给我。"

"我已在绿草上留下了我的流着泪点的回答了。"

125

伟人是一个天生的孩子,当他死时,他把他的伟大的孩提时代给了世界。

126

不是槌的打击,乃是水的载歌载舞,使鹅卵石臻于完美。

127

蜜蜂从花中啜蜜,离开时营营地道谢。
浮夸的蝴蝶却相信花是应该向他道谢的。

128

如果你不等待着要说出完全的真理,那么把真话说出来是很容易的。

129

"可能"问"不可能"道:
"你住在什么地方呢?"
它回答道:"在那无能为力者的梦境里。"

130

如果你把所有的错误都关在门外时,真理也要被关在门外面了。

131

我听见有些东西在我心的忧闷后面萧萧作响,——我不能看见它们。

132

闲暇在动作时便是工作。
静止的海水荡动时便成波涛。

133

绿叶恋爱时便成了花。

花崇拜时便成了果实。

134

埋在地下的树根使树枝产生果实,却不要求什么报酬。

135

阴雨的黄昏,风无休止地吹着。

我看着摇曳的树枝,想念万物的伟大。

136

子夜的风雨,如一个巨大的孩子,在不合时宜的黑夜里醒来,开始游戏和喧闹。

137

海呀,你这暴风雨的孤寂的新妇呀,你虽掀起波浪追随你的情人,但是无用呀。

138

文字对工作说道:"我惭愧我的空虚。"
工作对文字说道:"当我看见你时,我便知道我是怎样地贫乏了。"

139

时间是变化的财富。时钟模仿它,却只有变化而无财富。

140

真理穿了衣裳,觉得事实太拘束了。
在想象中,她却转动得很舒畅。

141

当我到这里那里旅行着时,路呀,我厌倦你了;但是现在,当你引导我到各处去时我便爱上你,与你结婚了。

142

让我设想,在群星之中,有一颗星是指导着我的生命通过不可知的黑暗的。

143

妇人,你用了你美丽的手指,触着我的什物,秩序便如音乐似的生出来了。

144

一个忧郁的声音,筑巢于逝水似的年华中。
它在夜里向我唱道:"我爱你!"

145

燃着的火,以它熊熊的光焰警告我不要走近它。
把我从潜藏在灰中的余烬里救出来吧。

146

我有群星在天上,
但是,唉,我屋里的小灯却没有点亮。

147

死文字的尘土沾着你。
用沉默去洗净你的灵魂吧。

148

生命里留了许多罅隙,从中送来了死之忧郁的音乐。

149

世界已在早晨敞开了它的光明之心。

出来吧,我的心,带着你的爱去与它相会。

150

我的思想随着这些闪耀的绿叶而闪耀;我的心灵因了这日光的抚触而歌唱;我的生命因为偕了万物一同浮泛在空间的蔚蓝、时间的墨黑中而感到欢快。

151

神的巨大的威权是在柔和的微飔里,而不在狂风暴雨之中。

152

在梦中,一切事都散漫着,都压着我,但这不过是一个梦呀。当我醒来时,我便将觉得这些事都已聚集在你那里,我也便将自由了。

153

落日问道:"有谁继续我的职务呢?"
瓦灯说道:"我要尽我所能地做去,我的主人。"

154

采着花瓣时,得不到花的美丽。

155

沉默蕴蓄着语声,正如鸟巢拥围着睡鸟。

156

大的不怕与小的同游。
居中的却远而避之。

157

夜秘密地把花开放了,却让那白日去领受谢词。

158

权势认为牺牲者的痛苦是忘恩负义。

159

当我们以我们的充实为乐时,那么,我们便能很快乐地跟我们的果实分手了。

160

雨点吻着大地,微语道:"我们是你的思家的孩子,母亲,现在从天上回到你这里来了。"

161

蛛网好像要捉露点,却捉住了苍蝇。

162

爱情呀,当你手里拿着点亮了的痛苦之灯走来时,我能够看见你的脸,而且以你为幸福。

163

萤火虫对天上的星说道:"学者说你的光明总有一天会消灭的。"
天上的星不回答它。

164

在黄昏的微光里,有那清晨的鸟儿来到了我的沉默的鸟巢里。

165

思想掠过我的心上,如一群野鸭飞过天空。
我听见它们鼓翼之声了。

166

沟洫总喜欢想:河流的存在,是专为它供给水流的。

167

世界以它的痛苦同我接吻,而要求歌声做报酬。

168

压迫着我的,到底是我的想要外出的灵魂呢,还是那世界的灵魂,敲着我心的门,想要进来呢?

169

思想以他自己的言语喂养它自己,而成长起来。

170

我把我心之碗轻轻浸入这沉默之时刻中,它盛满了爱了。

171

或者你在工作,或者你没有。
当你不得不说:"让我们做些事吧!"那么就要开始胡闹了。

172

向日葵羞于把无名的花朵看作它的同胞。

太阳升上来了,向它微笑,说道:"你好吗,我的宝贝儿?"

173

"谁如命运似的催着我向前走呢?"
"那是我自己,在身背后大跨步走着。"

174

云把水倒在河的水杯里,它们自己却藏在远山之中。

175

我一路走去,从我的水瓶中漏出水来。
只留下极少极少的水供我回家使用了。

176

杯中的水是光辉的;海中的水却是黑色的。
小理可以用文字来说清楚,大理却只有沉默。

177

你的微笑是你自己田园里的花,你的谈吐是你自己山上的松林的萧萧;但是你的心呀,却是那个女人,那个我们全都认识的女人。

178

我把小小的礼物留给我所爱的人,——大的礼物却留给一切的人。

179

妇人呀,你用泪海包绕着世界的心,正如大海包绕着大地。

180

太阳以微笑向我问候。
雨,他的忧闷的姊姊,向我的心谈话。

181

我的昼间之花,落下它那被遗忘的花瓣。
在黄昏中,这花成熟为一颗记忆的金果。

182

我像那夜间之路,正静悄悄地谛听着记忆的足音。

183

黄昏的天空,在我看来,像一扇窗户,一盏灯火,灯火背后的一次等待。

184

太急于做好事的人,反而找不到时间去做好人。

185

我是秋云,空空地不载着雨水,但在成熟的稻田中,可以看见我的充实。

186

他们嫉妒，他们残杀，人们反而称赞他们。
然而上帝却害了羞，匆匆地把他的记忆埋藏在绿草下面。

187

脚趾乃是舍弃了其过去的手指。

188

黑暗向光明旅行，但是盲者却向死亡旅行。

189

小狗疑心大宇宙阴谋篡夺它的位置。

190

静静地坐着吧,我的心,不要扬起你的尘土。
让世界自己寻路向你走来。

191

弓在箭要射出之前,低声对箭说道:"你的自由就是我的自由。"

192

妇人,在你的笑声里有着生命之泉的音乐。

193

全是理智的心,恰如一柄全是锋刃的刀。
它叫使用它的人手上流血。

194

神爱人间的灯光甚于他自己的大星。

195

这世界乃是为美之音乐所驯服了的狂风骤雨的世界。

196

晚霞向太阳说道:"我的心经了你的亲吻,便似金的宝箱了。"

197

接触着,你许会杀害;远离着,你许会占有。

198

蟋蟀的唧唧,夜雨的淅沥,从黑暗中传到我的耳边,好似我已逝的少年时代沙沙地来到我的梦境中。

199

花朵向星辰落尽了的曙天叫道:"我的露点全失落了。"

200

燃烧着的木块,熊熊地生出火光,叫道:"这是我的花朵,我的死亡。"

201

黄蜂认为邻蜂储蜜之巢太小。
他的邻人要他去建筑一个更小的。

202

河岸向河流说道:"我不能留住你的波浪。
"让我保存你的足印在我的心里吧。"

203

白日以这小小的地球的喧扰,淹没了整个宇宙的沉默。

204

歌声在天空中感到无限，图画在地上感到无限，诗呢，无论在空中，在地上都是如此。

因为诗的词句含有能走动的意义与能飞翔的音乐。

205

太阳在西方落下时，他的早晨的东方已静悄悄地站在他面前。

206

让我不要错误地把自己放在我的世界里而使它反对我。

207

荣誉使我感到惭愧，因为我暗地里求着它。

208

当我没有什么事做时，便让我不做什么事，不受骚扰地沉入安静深处吧,一如海水沉默时海边的暮色。

209

少女呀,你的纯朴,如湖水之碧,表现出你的真理之深邃。

210

最好的东西不是独来的,
它伴了所有的东西同来。

211

神的右手是慈爱的,但是他的左手却可怕。

212

我的晚上从陌生的树木中走来,它用我的晓星所不懂得的语言说话。

213

夜之黑暗是一只口袋,迸出黎明的金光。

214

我们的欲望把彩虹的颜色借给那只不过是云雾的人生。

215

神等待着,要从人的手上把他自己的花朵作为礼物赢回去。

216

我的忧思缠绕着我,要问我它自己的名字。

217

果实的事业是尊贵的,花的事业是甜美的;但是让我做叶的事业吧,叶是谦逊地、专心地垂着绿荫的。

218

我的心向着阑珊的风张了帆,要到无论何处的阴凉之岛去。

219

独夫们是凶暴的,但人民是善良的。

220

把我当作你的杯吧,让我为了你,而且为了你的人而盛满了水吧。

221

狂风暴雨像是在痛苦中的某个天神的哭声,因为他的爱情被大地所拒绝。

222

世界不会流失,因为死亡并不是一个罅隙。

223

生命因为付出了的爱情而更为富足。

224

我的朋友,你伟大的心闪射出东方朝阳的光芒,正如黎明中一个积雪的孤峰。

225

死之流泉,使生的止水跳跃。

226

那些有一切东西而没有您的人,我的神,在讥笑着那些没有别的东西而只有您的人呢。

227

生命的运动在它自己的音乐里得到它的休息。

228

踢足只能从地上扬起尘土而不能得到收获。

229

我们的名字,便是夜里海波上发出的光,痕迹也不留就泯灭了。

230

让睁眼看着玫瑰花的人也看看它的刺。

231

鸟翼上系上了黄金,这鸟便永不能再在天上翱翔了。

232

我们地方的荷花又在这陌生的水上开了花,放出同样的清香,只是名字换了。

233

在心的远景里,那相隔的距离显得更广阔了。

234

月儿把她的光明遍照在天上,却留着她的黑斑给她自己。

235

不要说:"这是早晨。"别用一个"昨天"的名词把它打发掉。你第一次看到它,把它当作还没有名字的新生孩子吧。

236

青烟对天空夸口,灰烬对大地夸口,都以为它们是火的兄弟。

237

雨点向茉莉花微语道:"把我永久地留在你的心里吧。"
茉莉花叹息了一声,落在地上了。

238

惴怯的思想呀,不要怕我。
我是一个诗人。

239

我的心在朦胧的沉默里,似乎充满了蟋蟀的鸣声——声音的灰暗的暮色。

240

爆竹呀,你对群星的侮蔑,又跟着你自己回到地上来了。

241

您曾经带领着我,穿过我的白天的拥挤不堪的旅程,而到达了我的黄昏的孤寂之境。
在通宵的寂静里,我等待着它的意义。

242

我们的生命就似渡过一个大海,我们都相聚在这个狭小的舟中。死时,我们便到了岸,各往各的世界去了。

243

真理之川从它的错误之沟渠中流过。

244

今天我的心是在想家了,在想着那跨过时间之海的那一个甜蜜的时候。

245

鸟的歌声是曙光从大地反响过去的回声。

246

晨光问毛茛道:"你是骄傲得不肯和我接吻么?"

247

小花问道:"我要怎样地对你唱,怎样地崇拜你呢?太阳呀?"

太阳答道:"只要用你的纯洁的素朴的沉默。"

248

当人是兽时,他比兽还坏。

249

黑云受光的亲吻时便变成天上的花朵。

250

不要让刀锋讥笑它柄子的拙钝。

251

夜的沉默,如一个深深的灯盏,银河便是它燃着的灯光。

252

死像大海的无限的歌声,日夜冲击着生命的光明岛的四周。

253

花瓣似的山峰在饮着日光,这山岂不像一朵花吗?

254

"真实"的含义被误解,轻重被倒置,那就成了"不真实"。

255

我的心呀,从世界的流动找你的美吧,正如那小船得到风与水的优美似的。

256

眼不能以视来骄人,却以它们的眼镜来骄人。

257

我住在我的这个小小的世界里,生怕使它再缩小一丁点儿。把我抬举到您的世界里去吧,让我高高兴兴地失去我的一切的自由。

258

虚伪永远不能凭借它生长在权力中而变成真实。

259

我的心,同着它的歌的拍子拍舐岸的波浪,渴望着要抚爱这个阳光熙和的绿色世界。

260

道旁的草,爱那天上的星吧,那么,你的梦境便可在花朵里实现了。

261

让你的音乐如一柄利刃,直刺入市井喧扰的心中吧。

262

这树的颤动之叶,触动着我的心,像一个婴儿的手指。

263

小花睡在尘土里。
它寻求蛱蝶走的道路。

264

我是在道路纵横的世界上。
夜来了。打开您的门吧,家之世界呵!

265

我已经唱过了您的白天的歌。

在黄昏的时候,让我拿着您的灯走过风雨飘摇的道路吧。

266

我不要求你进我的屋里。
你且到我无量的孤寂里来吧,我的爱人!

267

死之隶属于生命,正与生一样。
举足是在走路,正如落足也是走路。

268

我已经学会在花与阳光里微语的意义。——再教我明白你在苦与死中所说的话吧。

269

夜的花朵来晚了,当早晨吻着她时,她战栗着,叹息了一声,萎落在地上了。

270

从万物的愁苦中,我听见了"永恒母亲"的呻吟。

271

大地呀,我到你岸上时是一个陌生人,住在你屋内时是一个宾客,离开你的门时是一个朋友。

272

当我去时,让我的思想到你那里来,如那夕阳的余光,映在沉默的星天的边上。

273

在我的心头燃点起那休憩的黄昏星吧,然后让黑夜向我微语着爱情。

274

我是一个在黑暗中的孩子。
我从夜的被单里向你伸出我的双手,母亲。

275

白天的工作完了。把我的脸掩藏在您的臂间吧,母亲。
让我入梦吧。

276

集会时的灯光,点了很久;会散时,灯便立刻灭了。

277

当我死时,世界呀,请在你的沉默中,替我留着"我已经爱过了"这句话吧。

278

我们在热爱世界时便生活在这世界上。

279

让死者有那不朽的名,但让生者有那不朽的爱。

280

我看见你,像那半醒的婴孩在黎明的微光里看见他的母亲,于是微笑而又睡去了。

281

我将死了又死,以明白生是无穷无尽的。

282

当我和拥挤的人群一同在路上走过时,我看见您从阳台上送过来的微笑,我歌唱着,忘却了所有的喧哗。

283

爱就是充实了的生命，正如盛满了酒的酒杯。

284

他们点了他们自己的灯，在他们的寺院内，吟唱他们自己的话语。

但是小鸟们却在你的晨光中，唱着你的名字，——因为你的名字便是快乐。

285

领我到您的沉寂的中心，使我的心充满了歌吧。

286

让那些选择了他们自己的焰火哔哔的世界的，就生活在那里吧。

我的心渴望着您的繁星，我的上帝。

287

爱的痛苦环绕着我的一生,像汹涌的大海似的唱着;而爱的快乐却像鸟儿们在花林里似的唱着。

288

假如您愿意,您就熄了灯吧。
我将明白您的黑暗,而且将喜爱它。

289

当我在那日子的终了,站在您的面前时,您将看见我的伤疤,而知道我有我的许多创伤,但也有我的医治的法儿。

290

总有一天,我要在别的世界的晨光里对你唱道:"我以前在地球的光里,在人的爱里,已经见过你了。"

291

从别的日子里飘浮到我的生命里的云,不再落下雨点或引起风暴了,却只给予我的夕阳的天空以色彩。

292

真理引起了反对它自己的狂风骤雨,那场风雨吹散了真理的广播的种子。

293

昨夜的风雨给今日的早晨戴上了金色的和平。

294

真理仿佛带了它的结论而来,而那结论却产生了它的第二个。

295

他是有福的,因为他的名望并没有比他的真实更光亮。

296

您的名字的甜蜜充溢着我的心,而我忘掉了我自己的——就像您的早晨的太阳升起时,那大雾便消失了。

297

静悄悄的黑夜具有母亲的美丽,而吵闹的白天具有孩子的美丽。

298

当人微笑时,世界爱了他;但他大笑时,世界便怕他了。

299

神等待着人在智慧中重新获得童年。

300

让我感到这个世界乃是您的爱的成形吧,那么,我的爱也将帮助着它。

301

您的阳光对着我的心头的冬天微笑,从来不怀疑它的春天的花朵。

302

神在他的爱里吻着"有涯",而人却吻着"无涯"。

303

您越过不毛之年的沙漠而到达了圆满的时刻。

304

神的静默使人的思想成熟而为语言。

305

"永恒的旅客"呀,你可以在我的歌中找到你的足迹。

306

让我不至羞辱您吧，父亲，您在您的孩子们身上显出您的光荣。

307

这一天是不快活的。光在蹙额的云下，如一个被责打的儿童，灰白的脸上留着泪痕；风又号叫着，似一个受伤的世界的哭声。但是我知道，我正跋涉着去会我的朋友。

308

今天晚上棕榈叶在嚓嚓地作响，海上有大浪，满月呵，就像世界在心脉悸跳。从什么不可知的天空，您在您的沉默里带来了爱的痛苦的秘密？

309

我梦见一颗星，一个光明岛屿，我将在那里出生。在它快速的闲暇深处，我的生命将成熟它的事业，像秋天阳光下的稻田。

310

雨中的湿土的气息，就像从渺小的无声的群众那里来的一阵巨大的赞美歌声。

311

说爱情会失去的那句话，乃是我们不能够当作真理来接受的一个事实。

312

我们将有一天会明白，死永远不能够夺去我们的灵魂所获得的东西。因为她所获得的，和她自己是一体。

313

神在我的黄昏的微光中，带着花到我这里来。这些花都是我过去的，在他的花篮中还保存得很新鲜。

314

主呀,当我的生之琴弦都已调得谐和时,你的手的一弹一奏,都可以发出爱的乐声来。

315

让我真真实实地活着吧,我的上帝。这样,死对于我也就成了真实的了。

316

人类的历史在很忍耐地等待着被侮辱者的胜利。

317

我这一刻感到你的眼光正落在我的心上,像那早晨阳光中的沉默落在已收获的孤寂的田野上一样。

318

在这喧哗的波涛起伏的海中,我渴望着咏歌之鸟。

319

夜的序曲是开始于夕阳西下的音乐,开始于它对难以形容的黑暗所作的庄严的赞歌。

320

我攀登上高峰,发现在名誉的荒芜不毛的高处,简直找不到一个遮身之地。我的引导者呵,领导着我在光明逝去之前,进到沉静的山谷里去吧。在那里,一生的收获将会成熟为黄金的智慧。

321

在这个黄昏的朦胧里,好些东西看来都仿佛是幻象一般——尖塔的底层在黑暗里消失了,树顶像墨水的模糊的斑点似的。我将等待着黎明,而当我醒来的时候,就会看到在光明里的您的城市。

322

我曾经受苦过,曾经失望过,曾经体会过"死亡",于是我以我在这伟大的世界里为乐。

323

在我的一生里,也有贫乏和沉默的地域;它们是我忙碌的日子得到日光与空气的几片空旷之地。

324

我的未完成的过去,从后边缠绕到我身上,使我难于死去。请从它那里释放了我吧。

325

"我相信你的爱。"让这句话做我的最后的话。

泰戈尔作品年表

1861年　5月7日，泰戈尔在加尔各答市朱拉萨迦出生，他是父母的第十四个孩子。

$\dfrac{1862}{1872}$年　泰戈尔先后在东方学校、师范学院、孟加拉学院等学校学习，1869年开始写诗。

$\dfrac{1873}{1875}$年　随父亲游历喜马拉雅山，由父亲教授梵文。

1877年　开始为家庭杂志《婆罗蒂》撰稿。完成《帕努辛赫诗抄》；第一篇短篇小说《女乞丐》完稿。开始着手写作中篇小说《科鲁娜》，未完稿。

$\dfrac{1878}{1880}$年　前往英国留学，其间《旅欧书札》在《婆罗蒂》杂志上连载。发表叙事诗《林花》。

$\dfrac{1881}{1883}$年　发表诗作《破碎的心》《暮歌》《晨歌》，歌剧《愤怒的湿婆》《死神的狩猎》，长篇小说《王后市场》。

1884 年	发表诗作《画与歌》，剧本《大自然的报复》。
1885 年	发表文章《罗摩·摩罕·罗易》，散文集《杂谈》，长篇小说《贤哲王》。创作散文集《书信》《评论》。在国民大会上演唱歌曲《今天在母亲的号召下我们团结一心》。
1886 年	诗集《刚与柔》出版。
1888 年	发表诗剧《虚幻的游戏》，诗作《心声集》。
1890 年	参加剧目《国王与王后》《牺牲》演出。发表短篇小说《邮政局长》。
1892 年	创作短篇小说《弃绝》《摩诃摩耶》。发表重要文章《各种教育》。开始进行诗作《金色船》的创作。
1893／1894 年	发表《旅欧日记》，剧本《离别时的诅咒》。诗作《金色船》出版。在《求索》杂志上发表《女性的儿歌》。游历奥里萨邦，并在般吉姆主持的会议上宣读文章《英国人与印度人》。
1895／1897 年	创作小说《饥饿的石头》。发表歌曲《印度——吉祥女神》。出版杂文集《五行》，剧本《马丽妮》《拜贡特的巨著》，诗作《大河》《吉德拉星集》《收获集》。
1898 年	主编《婆罗蒂》杂志。发表文章《掐住喉咙》，抗议《煽动法》。
1899／1900 年	出版诗集《尘埃集》《幻想集》《瞬息集》《故事诗集》《叙事诗集》。
1901 年	在圣蒂尼克坦成立梵学书院。出版《祭品集》。长篇小说《眼中沙》连载于《孟加拉之镜》。

1902/1904 年　出版纪念亡妻的诗作《怀念集》和诗作《儿童集》，长篇小说《天赐良缘》。在《孟加拉之镜》上连载长篇小说《沉船》。

1905 年　积极参加反殖民主义爱国运动。创办杂志《宝库》。创作爱国歌曲《金色的孟加拉》。出版散文集《自己的力量》。

1906 年　出版散文集《印度》，诗作《渡口集》，长篇小说《沉船》。

1907 年　发表论文《疾病和治疗》。在《外乡人》上连载长篇小说《戈拉》。出版散文集《五彩缤纷》《膜拜品德》，论文集《古代文学》《民间文学》《文学》《现代文学》，剧本《滑稽剧本集》，杂文集《幽默》。

1908 年　发表散文集《国王与平民》《繁多》《祖国》《社会》《教育》，剧本《秋天的节日》，论文集《宗教》。

1909/1911 年　出版长篇小说《戈拉》，诗作《献歌集》、剧本《赎罪》《国王》，论文集《词学》《宗教》和演讲稿《圣蒂尼克坦》。在全国代表大会上演唱后来的印度国歌《人民的意志》。

1912 年　出版诗集《吉檀迦利》，并因此荣获诺贝尔文学奖。获加尔各答大学名誉文学博士学位。

1913 年　出版诗集《新月集》和《园丁集》。《孟加拉生活一瞥》散文故事集出版。

1914/1915 年　在《绿叶》上发表剧本《法尔衮月》。连载长篇小说《四个人》《家庭与世界》。出版诗作《献祭集》《歌之花环集》《妙曲集》。被授予爵士称号。

141

$\frac{1916}{1918}$年 在美国发表《国家主义》和《人格》的演讲。发表文章《渺小与崇高》。出版散文集《积蓄》《身份》《照主人的意志办事》,诗集《飞鸟集》《鸿雁》《遁逃》,长篇小说《家庭与世界》,中篇小说《四个人》,剧本《古鲁》。

1919年 游历南印度。出版杂志《圣蒂尼克坦》。抗议英国殖民当局枪杀无辜群众,宣布放弃爵士称号。筹建国际大学。出版随笔《访日散记》,剧本《无形珠宝》。

$\frac{1920}{1921}$年 国际大学正式成立。把圣蒂尼克坦财产捐献给国际大学。出版剧本《还债》。游历西印度,并进行第五次出国访问。

1922年 发表散文集《随想》。出版剧本《摩克多塔拉》,诗作《童年的湿婆集》。访问南印度和锡兰。

1923年 出版季刊《国际大学》,将自己所有著作版权交给国际大学。发表剧本《春天》。

1924年 创作书信集《西行日记》,诗作《普尔比集》。访问中国,会见梅兰芳等文化界人士。

1925年 在圣蒂尼克坦会见甘地。出版诗作《普尔比集》,剧本《迁居》。

1926年 出版诗作《随感集》,剧本《红夹竹桃》《独身者协会》《舞女的膜拜》《报复心理》《南迪妮》《最后一场雨》。

1927年 创作长篇小说《纠缠》。发表剧本《舞王》。在《千姿百态》杂志上连载《爪哇通讯》。

1928年 创作长篇小说《最后的诗篇》。发表剧本《最后的拯救》。

1929年 出版剧本《太阳女》、长篇小说《最后的诗篇》、诗作《穆胡亚集》、书信集《西行日记》。

1930年 在英国牛津大学发表《人的宗教》演讲。在法国、德国、丹麦、苏联和美国举办个人画展。发表剧本《新颖》。

1931年 出版《泰戈尔金书》,诗作《森林之声集》《通俗读物集》,书信集《俄国书简》,剧本《禳解诅咒》,选集《聚宝》。

1932年 抗议英国殖民当局逮捕甘地,并去狱中探望甘地。出版诗作《总结集》《再次集》,剧本《时代之旅》。

1933年 发表诗作《五彩集》,中篇小说《两姐妹》,剧本《昌达尔姑娘》《纸牌王国》《邦苏莉》。在加尔各答发表题为《诗人的宗教》《普及教育》《韵律》的演讲。在罗摩·摩罕·罗易逝世一百周年纪念会上发表题为《罗摩·摩罕·罗易——印度的先驱》的讲话。

1934年 发表中篇小说《人生四幕》《花圃》及剧本《斯拉万月之剧》。会见来访的尼赫鲁。

1935年 出版诗作《最后的星期天集》《小径集》。

1936年 出版舞剧剧本《花钏女》,诗作《黑牛集》《叶盘集》,论文集《文学的道路》《韵律》,游记《瀛洲纪行》。

1937年 出版诗集《错位集》《儿歌之画集》《边沿集》,散文集《划时代》《世界的本相》《他》。在国际大学中国学院成立典礼上发表题为《中国和印度》的讲话。

1938年 出版诗集《晚祭集》,论文集《孟加拉语》,剧本《昌达尔姑娘歌舞剧》。致信日本诗人野口,谴责日本帝国主义侵略中国的罪行。

1939年 出版诗作《戏谑集》《天灯集》,论文集《路上的积蓄》,

143

剧本《萨玛》。《泰戈尔文集》一、二卷出版。
1940年　出版诗作《新生集》《唢呐集》《病榻集》,传记《童年》及《泰戈尔画册》。
1941年　八十岁生日当天,发表文章《文明的危机》。出版诗作《康复集》《生辰集》《儿歌集》《最后的作品集》,散文集《学院的形式与发展》。7月30日口授最后一首诗《你创造的道路》。8月7日,在加尔各答祖居与世长辞。